맥놀이 **4**

꽃자리

맥놀이 4

꽃자리

2017년
맥놀이
제4집

맥놀이창작동인회

숲으로 간다

검은 하늘에 흰 뼈를 갑옷처럼 두른 빌딩이 창마다 빛을 뿜는다. 두 눈처럼 빛을 흘리며 달리는 자동차들, 기다리는 버스는 오지 않는다. 세찬 봄바람이 대지의 바닥을 긁으며 거칠게 몸을 훑고 지난다. 건물은 미동 없이 섰고 바람은 보이지 않는데 공기 속 온기에서 계절이 변하고 있음을 느낀다. 더딘 시간 속에 나타난 버스는 같은 목적을 향한 사람을 태운다. 이번 동인지 『꽃자리』에도 몇이 내리고 새로운 분이 들었다.

나무는 서서 자란다. 빛과 비와 바람을 먹고 나무처럼 자라온 동인들, 뿌리를 털고 떠난 꽃들과 새로 자리잡은 나무, 맥놀이는 새 식구를 맞았다. 그동안 피부가 조금 두꺼워지고, 허리가 조금 더 굵어지며 단단해지고, 우리의 時는 많은 바람 속에서 흔들리며 자랐다. 맥놀이는 이 자리에서 더 성장할 것이다. 나무가 훗날 숲 되어 물이 흐르고, 아름드리 시의 낙원 이루어 많은 새의 집이 될 것이다. 함께하여 고마운 동인들, 우리는 하나가 되어 숲으로 간다.

매월 두 편씩 내놓은 아픔과 상처와 영광의 그 자리에 4집 『꽃자리』가 피었습니다. 한 잎, 한 장 모아 한해 꽃망울 만들고 이제 만개한 시가 보입니다. 설레는 봄, 봄이 왔습니다. 명함을 나누듯 시를 나누고 우리의 말들이 꽃이 되어 서로에게 늘 위로받고 행복해지기를…….

이 책을 보는 모두 행복을 피우는 꽃 되세요.
감사합니다.

2017. 4. 29.
맥놀이창작동인회 회장 김 재 현

◆ 이 숙

◆ 리 규 창

◆ 송 동 현

맥놀이

김재현

월간 《스토리문학》 동화 부문 등단
월간 《문학세계》 시 부문 등단
맥놀이창작동인 회장
사랑방시낭송회 회원

봄이 왔나 봅니다
꽃불이 활짝 피었습니다
파란 하늘 위에 흰 구름
만나는 사람 마음속에
시를 세웁니다

제일 잔잔한 말 외 9편

김 재 현

손은 나무뿌리처럼 바닥에 박혔다
천일 전

제일 잔잔한 말이
"있으라 가만히 있으라"

눈물이 그칠 때까지
닦아줄 생각 없어

흐르는 눈물이 마르고
두 눈이 촛불 되었다

이놈의 사랑

소금기 빠질 때 다시 찾아 나선다

　뒤에서 흘린 눈물 세 컵 끓이고 데면데면 먼지로 뭉쳐진 애증덩이 뜨거울 때 풍덩 식성에 따라 희로애락분말스프 적당히 퐁당 한 줌 건더기, 건오징어, 건파, 건당근, 말라비틀어진 소망 넣고 그래도 태양은 뜬다고 노른자 투하 사분 삼십초 애간장 녹이듯 더 끓여 내어놓고 보면 짭짤한 라면

　늘 짜다 짜서 못 먹겠다 하면서도

박카스

속 모두 비워내고
막아놓은 머리를 감싸고 구른다
알맹이 빼먹으면 끝이란 걸 알면서
죽어도 산 것처럼 흔들리는 몸뚱이
누구라도 수시로 드나드는 방
철가방 엘리베이터에 종이컵이 있다
그 옆에서 속 쓰린 박카스 데굴데굴
오르락내리락 주식 등락과 닮아
오직 좌우로 굴러 존재를 알린다
문이 열리면 아침 햇살 속으로
빈병 출근을 한다

12월의 비

잎 하나 남은 십이월
기다리지 않는 버스는 잘도 온다
노란 라이트가 어둠을 밝혔다
수평으로 달리는 창에 떨어지는 비
폭우가 물 모내기를 한다
하늘이 모를 심고 있다

이 호쾌함이 지나니
잎에서 찬란한 트리가 되었다
빛으로 매달려 반짝인다
차창엔 눈물 흘러내리고
축복이 내리는 십이월
성탄이 돌아왔다

붉은 장갑

헌 목장갑 한 쌍 매달려 있다

빨아도 지워내지 못한 때까지
푹 젖은 고단한 삶 여과 없이 보였다
집게 하나 주어지지 않은 녹색 줄에 매달려
그렇게 밖에서 벽돌을 나르고 모래를 지고
삽을 잡고 곡괭이 잡고 땅을 팠을 아버지
휜 등에 배 붉은 장갑 손끝
한 방울씩 떨어지는 빗물
육신에 남겨진 얼룩

빨랫줄에 붉은 비 종일 내린다

커피

아주 자잘한 인연 그립다

입 안 가득 황금 크래마

부드럽고 달달한 하루

처음 불 밝힐 때

작은 아버지는 담배를 전구에 대고 힘껏 빨았다 두 눈이 벌개졌지만 취해서 그런 것은 아니다 빛에는 타는 장작처럼 불이 붙는다는 생각에 전구는 문명을 밝혔다 번개가 친다 이제 전구를 닦아 기억에 끼우고 과거로 빛을 밝힌다 기억 속 영사기가 유년을 뱉어낸다 전구를 닦아 마음에 끼우고 추억을 밝힌다

생산 수입 금지된 저효율 전구는 나와 닮았다

구멍 난 이야기

아이가 널빤지 두 개 걸어둔 똥내 나고 파리 들끓는 화장실에 앉아 뭔가를 먹고 있다 누가 뺏어먹을까 손놀림마저 분주해 다가가는 것조차 모른다 입 속에서 꼬물거리는 밥알 널빤지를 기어 다니는 노랗고 통통한 구더기에 경악한다 차라리 굶어죽지 도저히 주거니 받거니 먹을 수 없다

유년의 기억 너무도 강렬하다

구더기는 싫은데 구더기 삼킨 물고기는 맛나게 먹는다 구더기가 깨끗한 옷을 입고 빗질을 한다 몸뚱이 속에서 내가 운다 이렇게 사는 게 아니었다 사는 게 이거는 아니다 구더기가 구더기를 먹지 않고 살기 위해 오늘도 영혼은 물고기 두 마리 떡다섯 덩이를 바라보며 눈물을 흘린다

배가 고프다 너무나 배가 고프다

유전

사는 게 벌 받는 거다
그 분 떠난 세상은 지옥이다
어두운 마을에서 눈뜨고 있어도
볼 수 없는 그 자리가 벌 받는 거다
보이지 않는 것을 먹고 먹는데
상처 난 영혼이 찢어져도
치유할 약을 구할 수 없으니
들어먹을 것 없는 세상이 벌 받는 거다
그래서 외친다

아멘, 주 예수여 오시옵소서

수험표

먼지에서 온 사람
풀 한 포기 나지 못한 땅에서
알갱이로 구르고 굴렀다
단단한 모래에 박힌 밀림의 기억
말라버린 화석 풍요의 유전자

사막에서는 햇살이 돌돌 말린다

알갱이들이 버려지고 비워지는 곳
모두가 손등으로 눈물을 닦는다
수분이 날아가며 가시를 만든다
네모나고 각진 사막의 오아시스
네모난 모래벌판에 발 디딘다

맥놀이
전용숙

《창조문학》 신인상 등단
맥놀이창작동인회 회원
예촌문학 동인회 회장
사랑방시낭송회 회원
시마을 회원, 한국문인협회 회원
시집 『날』

광장 만평

고무신

평강을 꿈꾸다

눈 내린 아침

불꽃

검꾼

늪의 소리

정부미 떡

폭염의 시대

깃발은 어데 두고

조용한 4월은

꽃으로 말하고

꽃잎은 바람에 말한다

나는 4월 녹을 거니는 바람

광장 만평 외 9편

전 용 숙

봄볕에 그늘이 많아
꽃눈 뜨기 어려워
밤마다 불 밝혀 기도하는 맘
손잡은 정성 광장 가득

꺼진다던 불빛
달력을 넘나들며 달빛도 머금다
참한 날들이 광장 하늘
사람 마음 가두다

비워두었던 광장
갈라진 마음들이 들어차
시대의 한 컷 앞에
몸을 얼리다

아침저녁 또 아침
진심을 바라는 마음들
비워진 광장 한구석
떨어진 야윈 결심 주워 담는다

고무신

내 고무신은 남자였다

연한 연둣빛에 흰 선이 그려진
내 고무신은 남자였다

아들 바라기 할아버지
여자 물건은 눈에 들어오지 않아

장날 할아버지 손을 그리지 않는
남자아이 고무신은 늘 마루 끝에
엎드린 자존심처럼 얹어졌다

엄마가 사 준 흰 줄 세 개가 그려진
빨간 운동화
내 눈엔 빨간 에나멜 구두가

구두는 여고 입학식
늘 같은 고무신의 주인은 여자였다

평강을 꿈꾸다

온달이 바보였을까
평강은 울보였을까
거울 속 평강은 곱지 않았을지 몰라
자신감 없던 마음
더 자신감 없던 온달의 마음
다독다독 마음을 쌓아
자존의 돌탑을 얹고
온달만 커 간 게 아니라
평강의 여림에도 자신감을 입혀

혼자는 어려웠을 자존 세우기
서로의 어깨를 기대고서야
온달은 바보가 아니었고
평강은 울보가 아니었던 것
그저 비워진 구석 채워 줄
온달이 평강이 되어 준 이
밤마다 결심을 잊지 않게 잊어 준
보이지 않는
도깨비 그도 누군가 앞에 나타날
용기 평강을 꿈꾸다

온달 같은 사람
평강 같은 도깨비
날마다 살아가는 용기를 쌓다

눈 내린 아침

달빛보다 밝은 눈
몰래 올 때가 많은 건
밤길 걷는 이 길 잃을까
누군가 가지 말라 잡을까
사북사북 몰래몰래
밤길 걸어 와
새벽잠 설친 이 깜짝 선물
종합선물세트 마당 가득
누구에 나눠 줄까
빗소리에 잠 못 들던 그 여름밤
한 되 떠다 주고 닮아보라 해 볼까
눈 내린 아침
선물상자 뜯어보는 웃음이 가득

불꽃

꽃의 바다 불의 들판
파도 출렁 거친 숨소리
경기하는 지면이 잠들 수 없는 날
길 잃은 발길들 차도를 메워

가슴 깊숙한 소리
하늘에 꽉 차
하늘 땅 사람의 맘속
꽃 그림 가득한 불의 바다 거닐다

법으로 그린 줄
마음으로 그린 선
가득한 꽃 그림 불꽃의 바다
마음을 넘나드는 파도의 높이
오늘 밤도 경계 잊은
월담 놀이판

짐꾼

여보게 가슴이 헐렁거리지 않나
종묘 앞 돌의자에 앉았다 쌈질하는
노인에 밀려 하릴없이 밀려났지
담뱃값은 아끼지 않고 살았는데
소주값에 더 손이 가는 시간도 헐렁
주위는 할 말이 많아 내 말은 안 듣고
지난 40여 년은 뉘와 나눌까
이제 아무도 짐을 나누려 하지 않는
세상의 줄에 밀려나고
섞을 말 없어 밀려나는
나 닮은 사람들 등위에 짐은
여전히 지나는데 그들도
말없이 말이 없다
등짐 진 이들 행렬에 헐렁한 바람
미화원도 비껴간다 함께 쓰러지기
싫어 싫어
인파의 섬이 된 나
내 말을 들어 줄 사람
내 담배 나누어 피울 사람
허름한 오후 시간을 쪼갤 사람

숲의 소리

숲은 한 가지 소리로만 말하지 않아
그래도 누구 하나 시끄럽다 하지 않아

우리는 한 가지 말로
서로를 향하는데

매일 시끄럽다 귀 막고 돌아서
다시 안 볼듯 눈 감는다

아침에도
숲은 소란스러웠지만
아무도 소음피해로 귀 막지 않아

정부미 떡

가난은 부끄러워해야만 했다
남산 밑 복사꽃 흐드러지는 집
한숨은 꽃잎처럼
걱정은 구름처럼 함께하던
그래도 해 먹고 싶었다 떡

시골 큰댁에 간 엄마 아빠
돌아오는 손엔 아무것도 없었다
늘 따라오던 엄마의 잔소리
떡 한 조각 주면 어디가 덧나느냐
명절 저녁은 더욱 조용해지는 집

뉴스가 떠들어대던
정부미로 떡 해 먹어도 맛있다
화면 가득 침을 바르고
엄마, 정부미도 떡 맛있대
그리하여 처음 고소한 떡 냄새
하얀빛 떡들이 수북한 마루 끝

뒷집 친구에게도 몇 개
늘 사과를 주시던 앞집도 한 접시
달처럼 배부른 시간이 갔다
아깝게 아주 아깝게
그리고 떡은 흰색을 잃었다
주황빛으로 회색빛 떡

가난은 부끄러우라고 했다
전날 주었던 이웃의 떡
다 가져오고 싶다고
엄마는 다시 떡 하지 않았다
쪼끔 아주 쪼끔 사다 주었다

무지갯빛 떡집 앞에서
내 얼굴은 정부미 떡 빛
가난한 기억을 한 되 섞어
추억을 빚어 본다

폭염의 시대

바람도 일지 않았다
헛것인 양 눈앞의 물기들이 지나
온몸이 더위의 오라를 받아
한 발도 나아가지 못했다

그랬다
시간이 가야 한다고 절기는 무시 못한다
세상은 조용하지 않았다
그러나 답은 하나
시간이 가야 했다
기다려야 했다

시간 속에 갇힌 사람의 얼굴
원망도 잊은 낯빛들이 슬프게
일초 일초를 뒤지며
바람의 살 사이에 서 있다
교차로 신호등도 더위에 스톱
정해진 시간들이 멈춘 시대

오늘도 낮 기온이 폭염경보에
바람도 일지 않는 시간 속에 섰다

깃발은 어데 두고

깃발은 세우지 말라
착착 접어 두었던
그 날이 숨 쉬는 날
깃대는 아예 세우지 말라
누군지 모르게
아무도 모르게
묻어 묻어 서로 얼굴 부비던 날
깃대 세우지 않아도
가슴팍 깊은 속에서 꺼이꺼이
깃대 대신 울어 줄 거라
깃발은 아예 세우지 말라

맥놀이
최민수

1995년 《르네상스》지로 작품활동 시작
맥놀이창작동인회 회원
방송통신대학교 국어국문학과 재학중

월급날

그들의 5시 8분

사드

노란 지붕은 기억이 없다

연민 그 키기는 5cm

물에 젖은 별은 빛이 없다

光化門夜想曲

민주주의나부시

내 마음에 연꽃이 필 때

띠앗머리 프로젝트

욕구 불만의 그 마지막 그늘에서

언제나 나를 위로해 주었던

사람과 사물들

다가가서 말 한 마디 건낼

용기 없어서 쓴 편지처럼 써 본

생각들 열매 되어

눈 앞에 나타났다

월급날 외 9편

최 민 수

주머니 속에 새살이 돋았다
습하고 어두운 기운만 살던 그곳
하루살이를 자처하며 살았던 시간
더해지고 더해져 어느덧 한 달
내 주머니 속
나조차 볼 수 없었던
삼십 일의 희망이 시작된다

그들의 5시 8분

핏기 잃은 해가 비구름에 쫓겨서 서쪽으로 간다 물고 있는 담배에서 그날의 순간을 하늘로 날려 보내는 천도제가 열리고 있다 입술에서 입술로 전해지는 그 기나긴 순간들 버스에 올라선 교복 입은 학생 체크무늬 남방 속에 감추어진 붉은 넥타이 창문은 굳게 닫혀있는데 무엇인가가 지나간 흔적들 애국가가 멈춰진 전남 도청 담도 피를 흘리고 있다

"대한 사람 대한으로 길이 보전하세"

한 발의 총성이 지나갔다
그리고 비명이 찾아왔다

그 후 5월의 역사책은 피와 고통 눈물을 참으며 그렇게 26년을 살아왔다 누군가의 묘비는 있는데 누군가의 눈물은 있는데 찢어지고 상처 입은 시간은 있는데 명령한 사람은 없다고 말한다

사드

노란 참외 위로 잠자리 한 마리가 앉았다

숨길 수도 없는 그 모양
어울릴리리라 생각 했던 기만들
터전을 잃을 것 같은 새떼들의 모습은
눈물을 머금고 있다
북쪽 곰도 반대했고 남쪽 새도 반대했던
선글라스 낀 잠자리의 위선
개돼지는 몰라도 되는 순간을
속이고 속여서 만든 시간

노란 지붕은 기억이 없다

내 기억이 아닌 남의 기억
잊을 것이 없어 어느 말도 해주지 못한다
시간의 뱃소리는 어디 갔을까
넓은 바다를 배회하는 아이들 울음
살려고 발버둥 치는 흔적들 모여 있는 곳
기억의 못 하나 튀어나왔다

내 눈물을 먹고 서 있던 기억의 널빤지 하나
아무 생각을 못 하고 서서
노란 꽃밭 검은 그림자
지켜주지도 못했는데
남겨주지도 못했는데
그림자와 맞서 싸울 자신 없던 기억
노란 지붕이 사라진다

연민 그 키기는 5cm

햇빛 쨍쨍한 날
창문으로 고개만 내민 오후
하늘로 뻗은 손가락 하나에
5cm의 그림자가 생겼다
너처럼 작고 이쁜
너 같이 가녀린
너처럼 그리운
그래서 보고 싶었던
5cm의 그리움

물에 젖은 별은 빛이 없다

핏빛 화살이 서쪽 하늘로 넘어갔다
오늘 부르던 마지막 노래
내일은 다시 부를 수 없는 노래
끊어져 가는 숨소리로 불렀던
노래가 멈추었다
멍든 생각에 날개를 달고
행복했던 그곳 가을 들녘
장구치고 꽹과리를 치며
밥을 주던 손
하얀 물살 위로 부서졌다

서쪽 하늘 부서진 담벼락 위
끊어져 가는 꿈 앉아있다

光化門夜想曲

짧은 밤 긴 어둠
그림자 위를 달리는 빛들
아침의 기다림은
자유를 갈망하는
어둠을 벗겨낸다

울지 말자 자유여
울지 말자 이 땅의 주인들아
아픔은 고개를 숙일 뿐
아프다 말하지 않는다

상처가 언제 생겼는지 모른다면
소리 질러라
달리지 못한 꿈의 끝자락에서
배부른 들녘의 바램
불때까지

민주주의나부시

하늘을 뒤집어 만든 호수 위에
하나둘 모여든 검은 연등 위에
헐벗고 굶주린 그 가지 위에
광화문 그 딱딱한 아스팔트 위에
녹슬지 않은 마이크 위에
목소리 차분하게 앉은 모양 그

내 마음에 연꽃이 필 때
- 정원 스님을 기억하며

머리카락 하나 없는 그 끝에서
만개한 열꽃이 피어났다
환청처럼 들려오는 불의 노래
그 목소리가 들린다

이보시게 촛불 님들
내 몸에 불꽃은 하나요
그대들의 불꽃은 백만이라
이 몸 하나 다 타도
그대들의 불꽃보다 작을지니
그 불꽃 잊지 말고 키우시게나
만남과 헤어짐은 백팔번뇌 속 하나일 뿐
슬피 우는 촛불 님들 그 눈물 먹고
다음 생 연꽃으로 피어날 때
기쁘게 반겨주시게나

먼저 가신 노승의 노랫가락
귓속에서 맴돈다

띠앗머리 프로젝트

노란 차선 하나를 사이에 두고
너와 내가 나뉘어 있다
같은 생각 같은 피를 나눈 너와 내가
몸서리치도록 안아주고 싶은 너와 내가

촛불 하나를 받쳐 든 손
태극기 하나를 움켜진 손
같은 이름을 외쳤으나
찬반 단 두 글자를 두고 너와 내가 달랐다

새 아침 입술 속 하얀 커튼을 거두어 내고
함께 입고 함께 마시는 그 날이 와야
잠에서 깨어나는 아침
장막을, 그 장막을 거두어 낸다

 맥놀이

송재경

맥놀이창작동인회 회원

비우라

꽃잎 한 잔

오는 소리

까악까악

아린 바람

궁 놀이

강릉에서 가는 모스크바

먹그림

서울 것

저고리

느닷없이 다가온

시와 운명인양

숨바꼭질 놀이로

즐겼습니다

비우라 외 9편

송 재 경

교회는
자꾸 커지고 가득 채우라 한다
많아야 복이라네
드라빔*
에봇*

성경은
네 아비 친척을 떠나라
가난한 자는 복이 있다 하네
비우라
버려라

* 드라빔 – 가정 수호신인 우상
* 에봇 – 제사장옷

꽃잎 한 잔

풍경 소리 비슬산과 묵언
함박눈 그믐밤과 지새우고
새벽 가슴 훔친 범종
정갈한 용천수에 피어난 난꽃
난 향취 스미는 뇌리
생에 깃드는 꽃잎 한 잔
아랫목에 구름 한 자락 얹고
고요히 여명 맞이하네

오는 소리

계곡물을 온종일 지킨다

어슬어슬 해 질 무렵 사람들 체취만 머금은 빈 숲
거방지게 배불린 한 떼의 작은 새
풍악 울리며 얼쑤절쑤 휘돌아 가니
적막한 물 다가오는 소리

자박자박 닿는 너

까악까악
-치매 부친께

부모 안모셔 본 이 까마귀 소리 내냐다
부모 곁 지켜보는 그 안타까운 속내를
꼬장꼬장 구순 넘게 못시선 끌던
중절모 두루마기 내 아버지
철옹성 같았던 의지 넘나드는 치매란 놈
늘어진 끝자락 대소변줄 잡는 의식
선친 떠나보낸 뒤 까악까악 메아리

아린 바람

벌거벗는다
머뭇거림 없이
보이지 않는 형체 없는 바람 앞에

아린 가슴 짐짓 거센 바람결에 흘린다

사막뢰 메아리에 숨긴 외로움
가슴팍 풀어헤친 사막울음
아리게 아리게 모래춤 춘다

궁놀이

콩닥거리는 옷고름 물고 다가선 세상만 한 문
높이 달린 문고리 잡아 흔들어 보고픈 간 큰 용기
귀밑머리 쫑쫑 딴 여리디여린 계집아이
빼꼼히 기웃거리는 찰나 벌떠덕 젖혀지는 궁문

대감 앞에 흙 묻은 짚신 속 풀죽은 버선코
허허 고 맹랑한지고 수염 쓰다듬는데
곤장 맞을까 눈 감은 가슴 안도의 한숨
육중한 궐문 앞에 서면 떠오르는 양반탈 놀음

강릉에서 가는 모스크바

기분이 동하면 호기심 잡고 달아나던 여행
예쁜 이름에 끌려가다 보면 만나는 인연들

호기심 날개가 골절되었나 언제부턴가 시들해졌다
피끝 제비리 병산서원 백도 독도 레이카비크

필연 만나러 떠나지는 날
만주와 시베리아까지 연줄 닿으리

먹그림

회오리에 머리채 잡힌 집채 털썩
산자락 찢겨 속 고쟁이 비집고 나온 산 엉덩이
청청거목은 거꾸로 처박혀 아등바등
태풍에

비 그친 화선지에 작은 새떼
먹그림 그리며 선회한다
줄행랑치는 폭풍에

작디작은 생명
어드메 머물렀었을까나
이 북새통에

서울 것

그믐날
별빛 없는 밤

급한 맘에 뛰어든 지름길
혼비백산 칠흑의 산속 더듬던 그 밤

만물의 영장도
자연 앞에

익히 알던 길은 없었다

저고리

옷을 짓고 잡다
저고리를 짓고 잡다
자디잔 들꽃 다닥다닥 핀 무명
초가지붕선 도련에 그리고
소매 배래에다 여유로움 머물린다
깃에 품은 고요 옷고름으로 동이고
겉섶 코가 단아한 기와집 기품있는 처마
올곧은 선조들의 지조 이고파
작은 가슴에 대자연 담아 염원을 짓는다

맥놀이

이 숙

덕성여자대학교 및 동대학원 동양화과 졸업
개인전 11회, 부스전 12회, 단체전 98회
해외전 뉴욕 스위스 파리 일본 중국
신흥대학 강사 역임
한국미협 세계미술교류협회 회원

엄마

기도의 날개

만학도

문득

꽃씨에게 바람은

시들지 않는 사막

사막의 꽃

오해

잊기 전에

봄에 뜨는 보름달

사색의 놀이터에서
시는 내 삶의 풍요로운
행복한 경원

엄마 외 9편

이 숙

엄마의 몸은 어느새
주름살만 가득한 고목
보고 싶다 외롭다 말 대신
바쁘다는 자식 방해할까
힘없는 몸으로 사랑 담은
김치 곁에 두고

기도의 날개

상서롭다 상서롭다
마음으로 마음으로

간절하다 간절하다
절실하게 절실하게

변화할 수 있다
변화할 수 없다

스위치가 고장나 불을 끌 수 없듯
봉황이 되어 기도의 날개로 날고 싶다

만학도

정치는 하루가 달라
배워야 하는 세상
배우지 않으면 터널 속
그림자에 허우적거리고
외로움으로 쓸쓸히 사라져
손가락 하나 움직여 보지만
마음대로 잘하기 힘든 드라마

아이들 언어에
한마디 하고 싶은
52년생 할머니
진도를 따라 잡지 못해
핀잔하는 선생님

"할머니 어디 사세요?"
"나는 선생님이 구박을 해도
잘 가르치고 유명해서
이곳에 와서 공부해"
평생 매일 매일

문득

올해도 당연하듯
너의 노랫소리 듣는 구나
마주칠 수 없는 시간
겨울로 가는 첫차 몸살을 앓듯
살랑거리는 속삭임
가슴에 시간을 놓아
뿜어내는 밝고 고운 색
온전히 자신의 몫 다하고
너를 보며 나도 너처럼 시간을 놓았는지
소녀처럼 묻는다

꽃씨에게 바람은

가슴에 묻어 둔 구름 한 덩이
비를 기다리며 손 모아 부르고
사막 위 몇 번이라도
바람은 꽃씨를 뿌린다

메아리 바람을 반기네
햇빛 소리 그대 등 감싸안고
물 없이 살 수 없다 해도 힘내라고
바람이 꽃씨를 뿌린다

시들지 않는 사막

사막 마루 언저리에
사슬로 묶어 두었던 언덕
희망의 노랫소리 담아
시들지 않는 욕망의 꽃다발
너의 꿈 너를 놓아주지 말라고
전율로 바람에게 희망의 꽃 시들지 말라고

사막의 꽃

녹슨 다리 모래바람 묶여
영혼 없는 마른 꽃
생명 없는 모래언덕
모래 바다 등대
비를 기다리는 마음
벌거벗은 산마루에 꽃씨를 뿌린다
모래 능선 빛에 눈이 시리다
욕망 질투에 견디지 못한 작은 가슴
자라지 못한 사막의 꽃
너에게 조각난 속살을 보이는
나의 나약함이

오해

자신의 실수 인정 없이
상대의 잘못만 소리 내고
나는 머리가 잘려나간 뾰족한 못
명치를 망치로 쳐내는
생각의 말 마음과 달라
소통은 산산이 부서지고
자신의 입장 단면만 말하고
거추장스럽다는 너의 말
칼바람 받아내고
침묵으로 묻고 싶다
수도승 되어

잊기 전에

햇볕 따스한 이른 아침
해독 주스를 건네는 당신
내게는 물

할 말 있듯 부르고
하트를 내미는 당신
내게는 산소

당신의 미소 잊을 수 있을까
당신을 마주할 때 흥얼거리는
아름다운 날들

곁에 있어 소중함 모를까
말 못할 벙어리
당신 사랑합니다

봄에 뜨는 보름달

그대 그리움으로
살포시 피어난 웃음꽃
부끄러운 얼굴로
눈빛 마주하면

내 가슴에 피어난
한 잎 사랑
철없는 소녀처럼
바람으로 기억합니다

맥놀이

리규창

망치잡이 고등학교와 망치잡이 대학교 밖 만을 맴돌아 지식의 넓이는 좁고 깊이는 얕아 넋두리들을 다듬고 손질하는데 많은 어려움에 혼란스러웠지만 이냥 이렇게 넋두리들과 어깨동무를 절대 풀지는 않았습니다. 시집으로 『망치잡이』, 『설레바람』, 『하얀 시간』 『강물이 울면』, 『그늘자리』가 있습니다.

그 곳에

삶

세상 속에

깨달음

동동주

매

옛날 이야기

하나가 되는 날

골목길에서

동토

말 한마디 나누지도 못하고

그녀가 멀어질 때까지

멍하니 바라만 보았다

그 곳에 외 9편

리 규 창

쓰름맴 악기가 맴맴 땡볕과
줄다리기에 지쳐 있을 때 쯤이면
아름드리나무들이 커다랗게 그늘 둘러
더위를 식혀주는 시원함 속에
편안한 단잠으로 쉬어가고 픈
그 곳에

금빛 비늘로 온통 담장을 덮어
그물을 친 듯 주렁주렁 열매를 맺은
황금물결 조롱박 넝쿨 빛살이
자연스레 감겨드는 화사한 품에
지친 삶 다독이며 붉게 안기고 픈
그 곳에

차갑고 찬 바람을 온 몸으로 버티며
갈색으로 덮힌 들녘과 산자락마다
귀중한 생명들이 웅크려 숨쉬고 있음을
아무도 모르게 훈김을 불어넣는 따듯함 속에
눈 덮힌 날 눈이 부신 햇살처럼 드러눕고 픈
그 곳에

저 홀로 지쳐 외로운 날이면
언제나 수줍은 듯 여린 가슴으로
목련 개나리 진달래 철쭉이
활짝 웃어주는 하늘 아래 한 켠에
편히 안겨 사랑을 속삭이고 픈
그 곳에

삶

저만이 홀로 큰 시름 안은 듯
홀러 저만이 외로움에 지쳐사는
아서라 철없는 나그네여
누구나 걱정이 많은 삶
나이가 늘수록 짐만 부풀고
아서라 겁 많은 나그네여

홀로 저만이 아픈 가슴을 달고
저만이 홀러 슬픈 물결에 갇힌 듯
아서라 가엾은 나그네여
다 놓지 못하여도 놓아라
놓으면 놓을수록 편안해지는
아서라 욕심 많은 나그네여

세상 속에

적은 숫자의 무리만이
모든 기계들을 관리하며
세상을 장악한 듯 감시자로써
그 자릴 놓칠세라 담합하고

많은 사람들 중에서도 유혹에 빠져
그들 시중꾼 무리에 섞여
기계를 달고 기름칠하며
그냥 그렇게 세상 속을 삽니다

어쩌다 개천 속 용이되어
그들 무리에 끼인다 해도
어쩔 수 없이 그들과 함께
세상을 갉아 먹는 악을 굴리며

기계들의 정확한 작동 속에서
세상은 바쁘게 달아나는데
많은 사람들은 적응이 안 돼
발은 부러져 마음은 상처투성이로

깨달음

또 다른 길이 있어 쫓아가는 날
뜻하지 않은 곳이 너무 낯설어
신념과 믿음으로 붉게 물들여
날개 옷 두른 삶이 자연스러워
황금 빛살 내리는 햇볕 하늘아

모든 길 마음에서 비롯되는 것
맞지 않은 계절에 열매 맺으려
아집과 집착에서 허둥거리며
벼랑 끝에 매달린 두려운 시간
스스로 뉘우치며 굴레를 벗는

어느 깊은 숲 속에 길이 막혀져
새롭게 길을 닦아 길을 열면서
못 보았던 나무와 풀꽃에 반해
욕심 많은 보따리 풀어 놓으며
주춤했던 발걸음 더욱 가벼워

길이 있어 길 따라 걷다 보면은
깊은 골짝 골짝에 흐르는 물살
오만함과 편견이 옷을 벗고는
물 흐르는 물속에 몸을 담그고
편안히 앉은 자세 돋보여 푸른

동동주

다 우러러 거른 맑은 술이
으뜸 맛 인줄 온 동네에
소문으로 떠들썩하지만
입 다무세요 입을 닫아요

찐 찹쌀과 뜬 누룩을 섞어
큰 항아리에 담그는 솜씨와
삭히는 동안은 남 모르는 정성으로
자랑스러운 재주가 넘치시는 분
샛터 종손 댁 재당숙모님이고요

술독이 다닳도록 걸러져
찌꺼기만 남겨진 진짜배기
거칠고 텁텁한 그 맛이
앉은뱅이 술인걸 아시나요

팔촌형과 한 주전자 씩
주거니 받거니 마셔된 그 날
둘 다 꼬꾸라져 잠들어 깬
이튿날 아침 속은 멀쩡했지요

매

크지도 않은 새 한 마리가
우리 동네 하늘을 빙빙
어지럽게 돌고 돈다

쥐 잡아 줄게 돌아라
뱀 잡아 줄게 돌아라
빙빙 돌아라 빙빙 돌아

동네를 두른 산자락마다
고운 노랫소리를 잃은 한낮
새 한 마리가 빙빙 돈다

금세라도 부리로 쪼아
닭을 채어갈 듯
매섭게 내려다본다

옛날 이야기

밤마실 다녀오던 어느 날
백여우 꼬리가 길인줄 홀려
새벽녘까지 헤매였다는 부엉말 아저씨
나는 다리 밑에서 주워오고
누나는 솔밭에서 데려오고

공동묘지 산 속에선
밤마다 도깨비불 번쩍이며
비 내리는 날 캄캄한 밤에는
여인네 울음소리가 들려온다고

건너 마을 저수지에 사는
사람 잡아먹는 큰 비늘 뱀
머지않아 용으로 하늘 오른다는데
나는 다리 밑에서 주워오고
누나는 솔밭에서 데려오고

불장난하면 잠들어 오줌싸고
거짓말하면 이마에 뿔 달리고
말 잘 듣고 밥 잘 먹으면
호랑이도 내려오지 않고요

하나가 되는 날

늦으면 안됩니다
둘이 하나로 꽁꽁
둥지를 트는 날
재빠르게 오세요

네 마리 맹수는
크게 입을 벌리고
먹잇감을 노리는데
뭘 그렇게 망설입니까

염려들 놓으세요
태백산맥 호랑이로
살날 곧 올 것을

여기로 오실래요
거기로 갈까요
메아리가 무지개로
하늘에 걸리는 날

골목길에서

마른 나뭇잎이 떨어져
나뒹구는 골목길에서
우연히 마주쳐 웃음을 건네던
눈이 커다란 어여쁜 아가씨
말 한마디 나누지도 못하고
그녀가 멀어질 때까지
멍하니 바라만 보았네

요행처럼 마주치지는 않을까
눈이 커다란 어여쁜 아가씨와
이번엔 먼저 웃음을 건네고
공손히 인사를 나누며
긴 이야기 나누어 보려네
앙상한 가지만이 흔들리는
찬바람 골목길에서

동토

몸에 난 두드러기로 가려움이 멈추지 않는 날
어머니는 동토잡이 아저씨를 부르러 가신다
초저녁을 넘긴 캄캄한 부엌에서 홀로
막대기로 솥뚜껑을 두드리며 주문을 외는

들릴듯이 들리지 않는 소리 그치면
소금을 뿌려 부엌칼 들고 나가신다
오셔서 가실 때까지는 꿀 먹은 벙어리로
고맙다는 인사조차 건넬 수 없는 풍습

동토가 끝나고 나면 어머니께서는
찐 팥떡과 고구마와 장독 김치를 꺼내
조용한 가족 잔치가 벌어지는 안방
미신이 못마땅한 아버지 속상함도 멈추고

맥놀이
송동현

2001년 시집 『꿈을 펼쳐!』로 작품활동 시작
맥놀이창작동인회, 사랑방시낭송회 회원
도담도담한옥도서관 시창작교실 강사
북디자이너, 도서출판 담장너머 대표
시집 『꿈을 펼쳐!』, 『사랑水』

꽃몸살
동네 사람들, 2016
신면벽수도
I' m just hoping it doesn'
人人주의
광화문 도깨비
꽃자리
구경하듯
牛감자
춘자 · 7

하얀 그림을 그립니다
까만 면 지워
선 나타나면 행복
지우고 지우다 백지

꽃몸살

송 동 현

당신의 색 감기는
하늘 구름을 노랗게 품고
손에 감기는 따스함
눈을 감기는 향
절벽 끝을 찾아 樂落
순간이 돈다 감긴다
노란 들국 목

동네 사람들, 2016

병정들 춤추네 줄 맞추고 윗동네 아랫동네 심통만 줄 잇고 영웅 할배 덕에 핵방귀로 겁박하네 감정과 판단을 제거한 장난감 만드네 길들이기 즐기네 외화벌이전쟁 피를 갈취하네 노동의 땀 뺏으니 나쁘다 말만하고 평화공원 평화공원 DMZ평화공원 말 뿐이네 전쟁에만 눈이 팔려 수첩만 들고 다니네 백성이 없는데 민생 민생 입에만 있네 귀 닫고 갈라진 편 또 가르네 뭉쳐야 산다며 옆집 아저씨를 부르네

꽃피우려 지금도 일을 한다네
나꽃 너꽃 우리동네
사람들꽃

신면벽수도

천리안 만리안
진실을 보고 판단하고 재단할 수 있는 지혜
모든 것이 벽 안에 벽에 있다
잠들어도 벽이 말을 한다

본다 본다 벽을 본다 벽만 바라본다

꿈틀 거리는 말은 꼭꼭 접어 씹는다
세상 소리는 돌돌 말아 손끝으로 튕긴다
그들의 말문 닫아걸던 시절
산사의 면벽수도와는 다르다

I'm just hoping it doesn't rain

하루를 그렇게 간절히 바란 날

November 26, 2016

눈이 오기를 그렇게 바란 날

a boundless candlelight

말 없는 눈, 눈 물만 눈물만 내려

人人주의

비어 있어야 한다
비어 있어야 한다 더 넓게
도로와 공원 물건으로 채우면
더는 광장이 될 수 없으니

소리로 채워야 한다
사람으로 채워야 한다 더 많은
말들이 많아져 말들이 섞이면
하늘의 말이 만들어질 테니

뜻을 받아들여야 한다
주인만 들 수 있다 촛불은
거짓과 침묵을 태운 人人주의
더 넓게 밝힐 테니

광화문 도깨비

날개 없는 사람이 홰를 치니
세상이 세상이 아냐

꼬마도깨비 손 모으고
참세상 나와라 하늘아 열려라
해야 솟아라 뚝딱
가라 가라 들로 가라
워이 워이 오지 마라

머리에 엘이디 뿔
노랗게 솟아 더 커진다

꽃자리

바람이 세차게 불어도 그 자리
눈이 오다 비 내리는 겨울밤도 그 자리
비명도 지를 수 없는 아픔 그 자리
바위를 닮은 나무 흔들리는 그 자리
꼼짝 않고 꾹꾹 참아내야 그 자리
다시 온다는 꽃의 약속 그 자리
언 눈물 위 오월 꽃자리

구경하듯

동네 한 바퀴 돌다 작은 바위에 앉아
구경하듯 하루가 갔으면 한다 또
시원한 바람 불면 고맙다 인사하고
더우면 그래도 맑은 날 감사드리며
희고 흰 꽃 떨구고 푸른 잎 잔뜩 매단
왕벚나무 수고했다 격려하며 칭찬하며
바위가 이곳에 온 사연은 애써 외면해도
구경하듯 잘 잘 자잘하게 갔으면

더 멀리 가야 할 고속도로에서처럼
더 빨리 돌라고 재촉하지 않았으면
흙길 가다 돌을 밟고 흙먼지를 뒤집어써도
구덩이에 빠지고 넘어져 좀 아파도
구불구불 기억나는 하루 만들면
재촉하며 달려 기억할 수 없이 지나
돌고 또 돌기는 해야 하지만 구경하듯
그들만 수월한 오늘 또 오늘

牛감자

잡을 水 없는 만질 水道 없는 기억

　열기에 겁 먹고 건들건들 건들 생각도 못했다 노랗게 아궁이 속으로 달려드는 열기 부지깽이 글씨를 쓰며 기다리다 기다리다 기다리다 타닥타닥 타오르는 솔가지 풀냄새 풍기는 가마솥 끓어오르면 고양이처럼 작대기를 잡는다 풀냄새 머금은 감자 꺼내기 위해 등겨 냄새 고소한 바가지 부뚜막 눈치를 본다 큰놈을 골라 껍질을 벗기고 풀냄새 고소한 牛감자 오물거리면 저만치 소는 눈을 더 크게 뜬다 움메에~ '조금만 먹어' 엄마는 안다 아빠는 웃기만 하고 꼬맹이는 소보다 더 큰 눈만 굴린다

　불똥을 터는 부지깽이 기억 톡톡

춘자 · 7

품을 파고들어 쑥쑥 자랄 때
힘에 겨워 눈물방울 꽃피울 때
꽃이 된 듯 웃는다

같이 울고 한 술 더 먹이려고
곤히 잠들기를 바라며
평생을 서성인다

꽃이 없는 화분
화분이라 불릴 수 없으니
서성이는 춘자 씨를 바라본다

국립중앙도서관 출판예정도서목록(CIP)

꽃자리 / 맥놀이창작동인회 [편]. ― 서울 : 담장너머, 2017
  p. ;   cm. ― (Over a wall poetry for literary cot
erie ; 13)

ISBN 978-89-92392-51-8 03810 : ₩10000

한국 현대시[韓國現代詩]

811.7-KDC6
895.715-DDC23   CIP2017009586

인지생략

Over a Wall
Poetry for literary coterie
13

2017년 맥놀이창작동인회 제4집

꽃자리

2017년 04월 20일 초판 1쇄 인쇄
2017년 04월 29일 초판 1쇄 펴냄

발행인 | 김재현
발행처 | 맥놀이창작동인회
카   페 | cafe.daum.net/Maengnori

펴낸이 | 송계원
디자인 | 송동현 정선
제   작 | 민관홍 박동민 민수환
펴낸곳 | 도서출판 담장너머
등   록 | 2005년 1월 27일 제2-4102
주   소 | 04626 서울시 중구 퇴계로36나길 19-13, 105호
전   화 | 02-2268-7680, 010-8776-7660
팩   스 | 02-2268-7681
이메일 | overawall@hanmail.net
카   페 | http://cafe.daum.net/overawal

2017 ⓒ 맥놀이창작동인
ISBN 89-92392-51-8 03810
값 10,000원